ECOS DEL DESIERTO

A LA
ORILLA
DEL VIENTO

ECOS DEL DESIERTO

SILVIA DUBOVOY

ilustrado por

RENÉ ALMANZA

FONDO DE CULTURA ECONÓMICA

Primera edición, 2007
Novena reimpresión, 2022

[Primera edición en libro electrónico, 2015]

Dubovoy, Silvia
Ecos del desierto / Silvia Dubovoy; ilus. de René Almanza. — México: FCE, 2007
63 p.: ilus.; 19 × 15 cm — (Colec. A la Orilla del Viento)
ISBN 978-968-16-8396-2

1. Literatura infantil I. Almanza, René, il. II. Ser. III. t.

LC PZ7 Dewey 808.068 D466e

Distribución mundial

Carretera Picacho Ajusco, 227; 14110 Ciudad de México
www.fondodeculturaeconomica.com
Comentarios: librosparaninos@fondodeculturaeconomica.com
Tel.: 55-5449-1871

Editoras: Miriam Martínez y Eliana Pasarán
Diseño: Gil Martínez
Diseño de la colección: León Muñoz Santini

ISBN 978-968-16-8396-2 (rústico)
ISBN 978-607-16-3313-2 (electrónico-mobi)
ISBN 978-607-16-3315-6 (electrónico-epub)
ISBN 978-607-16-3639-3 (electrónico-pdf)

Impreso en México • *Printed in Mexico*

*Mi agradecimiento a Eithan Graber, por seguir
de cerca esta historia, por encontrar la luz
que me serviría de norte para escribirla.*

*A Paco Pacheco, por acompañarme desde
las entrevistas a los indocumentados
hasta el desarrollo final de esta historia.*

*A Santos, Juan Carlos y Federico, por abrir su
corazón y hablarme del cruce por la frontera y de
su vida como indocumentados en Estados Unidos.*

QUERIDO TLALADI VI:
Ayer vi por la televisión cómo morían unos indocumentados al tratar de cruzar la frontera. Sé que a mí me puede pasar lo mismo, pero sabes, Tlaladi, yo no puedo quedarme a hacer ladrillos en el pueblo como los hace mi papá, como los hizo mi abuelo, y mi bisabuelo, y como van a hacerlos mis compañeros de escuela.

Lo que yo quisiera es otra cosa, no sé qué... Por eso desde el camión le digo adiós a Cuicatlán, a sus montes, a mi río y al coro de pájaros que a la distancia parecen despedirme.

Cuando se lo dije a mis papás, mi madre dijo:

—No.

Y mi padre:

—Piénsalo bien, hasta puedes perder la vida.

Pero después de unos días, papá consiguió cinco mil pesos para el enganche de mi viaje; el resto lo pagarán mis tíos de Phoenix.

LA CENTRAL CAMIONERA de la ciudad de México parece un hormiguero. Quién sabe de dónde sale tanta gente cargando bultos, maletas, mochilas; sentada en el piso, caminando o corriendo; y salen y salen camiones cargados de personas.

Yo no sabía a dónde dirigirme.

—Señor, señor, ¿dónde compro un boleto para Nogales?

—Joven, disculpe, ¿dónde se paran los camiones que van a Nogales?

—Señora, ¿cómo hago para tomar el camión a Nogales?

Nadie se detuvo a contestarme.

Finalmente di con la taquilla y compré el boleto. Ahí estaba marcado el número del andén y a empujones me subí al camión, que me pareció grande y cómodo.

Desde mi asiento, junto a la ventana, vi a tres jóvenes tocando la flauta; tenían una cachucha en el suelo donde la gente les echaba unas monedas. ¿Te acuerdas, Tlaladi, que el maestro de música formó una orquesta y que cuando varias canciones nos salían bien nos llevaba a competir a la ciudad de Oaxaca?

El maestro me dijo que si seguía estudiando con tanto entusiasmo sería un gran flautista y me regaló un libro con la biografía de Mozart. Lo llevaba en la bolsa interna de mi chamarra para acompañarme en el viaje.

El camión empezó a moverse.

Pensé que si algún día necesitaba dinero, tocaría en la calle, como esos tres jóvenes.

En mi camino varias veces vi cómo la luz se iba yendo hasta que nada quedaba y cómo luego reaparecía por la mañana. Una de esas noches me despertó la lluvia contra el techo del camión. Producía un tamborileo fuerte, como el de los tambores de la banda de la escuela.

Gotas gordas golpeaban los cristales de las ventanas y del parabrisas, explotaban y nada se distinguía más allá de la ventana. Yo no sé por qué me hicieron recordar la tarde en que mi papá estaba echando el barro en las rejillas para hacer ladrillos cuando un golpe de brisa lo cubrió con el humo del horno hasta hacerlo desaparecer. Temí que cuando se disipara el humo ya no estuviera él.

No faltaba mucho para Nogales. Un tal Martín me buscaría en el hotel Buenaventura. "¡Ojalá lo haga!", pensé, porque si no, Tlaladi, ¿yo qué haría?

—Qué suerte tienes, muchacho —me dijo un taxista en cuanto bajé del camión—. Llegas a las mejores manos. Conozco la zona como nadie. Yo te paso al otro lado.

Unos pasos más allá se me acercó otro y me dijo lo mismo, y más allá apareció un "coyote". Ése sí que tenía mirada de lobo.

—Ése mi chaparrito, llevo en Nogales más de veinticinco años y conozco el desierto como la palma de mi mano. Para tu seguridad y la mía no acepto mujeres con niños ni gente mayor en el viaje. ¿Qué te parece? Escúchame: si nadie vino a recogerte quiere decir que ya te dejaron. Más vale ir a lo seguro. Dame tu dinero y salimos al rato.

Fui al hotel y, en cuanto me recosté, sonó el teléfono.

—¿Listo para salir?

—¿Quién habla?

—Yo, el que te va a ayudar para que llegues al otro lado.

—¿Y usted cómo se llama?

—¿Qué importa?, lo que cuenta es que soy el mejor. Todos me conocen por *el Güero* y salgo hoy a las doce de la noche con un grupo pequeño. ¿Paso a tu hotel por el dinero?

Muy asustado, colgué.

Tenía miedo hasta de salir a comprar un refresco, no fuera a ser que justo en ese instante Martín llamara. Pero pasaban las horas y el teléfono mudo. Tenía hambre y un sudor frío me cubría el cuerpo. Me levanté, me lavé la cara, me mojé el cabello, tomé varios vasos de agua y volví a tirarme en la cama. Mucho rato después un ring-ring me sacudió.

—Soy Martín, espérame en tu habitación.

Martín también tenía mirada de lobo, pero sonrió y me dio la mano.

—Tengo noticias de tus tíos.

Mi corazón comenzó a latir a mil por hora.

—Lo mejor para evitar timadores es que vengas a la casa. Tendrás un cuarto compartido y un baño con regadera. Claro que voy a cobrarte, pero te saldrá más barato que este hotel.

En el camino le pregunté cuándo salíamos.

—Pasado mañana —dijo—. Estoy esperando a que se junte todo el grupo.

—¿Cuántos seremos?

—De veinte a veinticinco.

—¿Hombres y mujeres?

—Dos mujeres ya entradas en años y un niño. Pero nunca he fallado. Hace quince años yo pasé a tus tíos, me conocen y me tienen confianza.

CUANDO SE JUNTÓ EL GRUPO, Martín nos dijo:

—Saldremos hoy. Caminaremos las próximas tres noches. Durante el día permaneceremos entre los matorrales porque el calor es de cuarenta a sesenta grados.

Yo ya había escuchado que en el desierto de Sonora se alcanzan hasta los setenta grados. Con esa temperatura surgen quemaduras, el cerebro empieza a cocerse y las personas van cayendo poco a poco.

Para olvidarme de todo eso miré mis tenis nuevos. Eran suaves y con suela delgada, justo para que no me pesaran en la travesía.

Recorrí el grupo con la vista: una de las señoras llevaba un niño como de siete años. "Van a atrasarnos y no van a aguantar", pensé.

—Les recomiendo comprar dos botellones de agua de cuatro litros y llenar las mochilas con latas, pan o tortillas. No carguen ropa. Los necesito listos a las once de la noche.

Corrí a comprar lo que Martín aconsejaba y, como sobraba tiempo, saqué mi flauta de barro, la que tenía desde niño, la que me hizo mi mamá, y me puse a tocar. Mientras escuchaba la melodía recordé las manos de mamá amasando el barro, dándole forma para hacer flautitas, campanas, peces y collares de pajaritos. Volví a verla a la hora de la despedida, entregándome una bolsa con tres tortas. Nos quedamos mucho tiempo abrazados, diciéndonos en silencio que algún día, quizá, volveríamos a vernos.

Y vi a papá tomando mis manos. Vi que las arrugas de su frente se hacían más profundas y escuché el susurro de su voz:

—Cuídate mucho.

De Carmelita, mi hermana, me despedí sin despedirme la noche anterior, cuando jugábamos lotería. Sin saber por qué, de pronto sentí que tenía que dejarla ganar. Cuando vi que sólo le faltaba la luna, grité:

—¡La que alumbra la noche!

El cuarto se llenó con su risa. Al irse a dormir, sus ojitos todavía centelleaban.

De pronto me di cuenta de que ya eran las once y bajé.

—Los quiero a todos juntos —decía Martín—. Si alguien se aleja puede perderse y en el desierto eso significa la muerte.

Había luna llena, pero con todo y luna apenas distinguíamos el camino. Íbamos en silencio y, a medida que avanzábamos, sentía las espinas de los matorrales picándome las pantorrillas.

Muchas horas después oímos un aullido. Luego, como respondiéndole, muchos más.

Una de las mujeres tomó al niño de la mano y, como sin querer, fue colocándose en el centro del grupo.

—No hay peligro, los coyotes casi siempre andan solos y nunca he sabido que ataquen a ningún grupo —comentó Martín.

Levanté la vista. La luna estaba en el centro del cielo y pensé que eso no podía ser más que un buen augurio.

Ya alto el sol, cuando el calor parecía cocer nuestros cuerpos, nos escondimos entre los matorrales. De vez en cuando escuchábamos el cascabeleo de las víboras.

Estaba adormilado cuando Martín gritó:

—¡No te muevas! —me dio un golpe seco en la espalda.

Algo cayó a mi costado y vi correr una cosa negra, peluda, del tamaño de mi mano.

—Una tarántula del desierto... La traías en la espalda; si llega a picarte, no la libras.

Volteé a buscarla, pero había desaparecido.

Faltaba mucho para la noche y restaban como doscientos kilómetros para llegar a la frontera.

—Cuatro días y tres noches. Eso es lo que nos falta... —decía Martín.

El niño lloraba.

—Éste es apenas el principio.

Saqué mi flauta, me la puse en la boca y simulé tocar. Su sonido era como el soplo de un viento que lentamente enfriaba todo mi cuerpo. Como ese viento que sentía cuando me sentaba a tocar junto al río.

Después abrí mi libro y me entretuve leyendo la biografía de Mozart.

Empezó a tocar a los tres años y a componer a los seis... "Algún día conoceré su música para flauta", pensaba cuando me quedé dormido.

Iba hasta atrás del grupo. Sentía cada uno de mis pasos como si caminara sobre brasas y oía el aullido de los coyotes más fuerte que la noche anterior. "Ayúdame, Tlaladi, dame fuerzas...", pensaba.

—No te me quedes atrás, Miguel; trata de caminar con el grupo —gritó Martín.

Me hubiera echado a llorar, pero no tenía agua ni para lágrimas.

A mitad de la caminata sentí unos piquetitos en las plantas de los pies. Papá me había acompañado al mercado a comprarme unos huaraches, pero yo insistí en los tenis, ¡son tan cómodos los huaraches!

Cuando nos detuvimos me dejé caer y de inmediato me quedé dormido. Una y otra vez soñé lo mismo: un ejército de tarántulas carcomiéndome los pies.

Al atardecer, despertamos.

Cuando todos se levantaron, yo sólo me incorporé y me quedé sentado.

—¡Qué no le dije que comprara dos garrafones de agua! —gritaba Martín a la mayor de las señoras.

Yo le extendí mi garrafón lleno.

—Tengo el otro a la mitad —dije.

Luego saqué las latas y las repartí entre las dos mujeres.

Vi en el fondo de sus ojos que estaban a punto de llorar.

Lo que yo quería, Tlaladi, además de ayudarlas, era quitarme peso de encima. ¡Qué bueno hubiera sido volverme serpiente y mudar de piel para deshacerme de aquel dolor en las plantas de los pies!

Volvimos a caminar y de pronto sentí una llamarada, como si uno de los hornos de ladrillos me hubiera explotado en las plantas de los pies, y me desplomé.

Gritaba y nadie me escuchaba; me parecía que las lenguas de fuego crecían y crecían. Entonces saqué mi flauta, soplé y la música calmó el ardor.

Cuando abrí los ojos, una de las señoras me ponía paños húmedos en la frente mientras la otra me quitaba los tenis.

—Tiene espinas enterradas. Si no se las sacamos, no podrá dar un paso más.

—¿Me estoy muriendo? —pregunté.

—Tienes que ser valiente —dijo uno de los hombres—. Yo voy a sostenerte de las manos y este amigo te agarrará de los tobillos mientras te sacan las espinas.

Con un pañuelo humedecido en alcohol me lavaron las plantas de los pies y con una navajita y unos alfileres empezaron a sacar las espinas. Yo me retorcía y les suplicaba que me dejaran, no me importaba ya quedarme en el desierto.

Me untaron después una pomada, me envolvieron los pies con telas y me dejaron dormir. Soñaba que las hojas de los fresnos de Cuicatlán me abanicaban cuando alguien susurró:

—Levántate, es hora.

—Aquí me quedo. No se detengan por mí, ya me recogerá otro grupo.

Un señor me echó a sus espaldas y reanudamos la marcha.

Todos se turnaron para cargarme. Decían que no pesaba, pero yo sabía que en el desierto cualquier peso extra es demasiado.

Quién iba a pensarlo: las mujeres, las que no iban a aguantar, las que iban a retrasarnos, me salvaron la vida.

SE NOS ACABÓ EL AGUA.

A lo lejos escuchábamos las sirenas y los helicópteros que rondaban como libélulas.

—Tan cerca y no poder cruzar... —dijo uno.

Otro, enloquecido por la sed, comenzó a excavar para ver si encontraba agua.

—¡Tranquilos! —gritó Martín—. Ya estamos en la frontera, pero si no se calman no pasaremos al otro lado.

Cuando bajó el movimiento de los helicópteros nos arrastramos de matorral en matorral. Cada vez había menos arena y a lo lejos me pareció mirar un reflejo.

Me adelanté y, todo raspado, grité:

—¡Agua!

Aunque el charco estaba lleno de larvas de mosquito, todos bebimos.

Más calmados volvimos a los matorrales y desde ahí Martín señaló una barda.

—Por ahí tienen que saltar. Hay escalones del lado mexicano, pero no del americano. También hay cámaras que se mueven en todas direcciones.

Y agregó, señalando hacia una loma:

—Uno de los nuestros está ahí y nos hará una señal. Cuando la haga, corran uno por uno, aviéntense y vuelvan a ocultarse entre los arbustos. Quédense ahí y busquen el momento de llegar hasta debajo del puente. Ahí los recogerán. Son del grupo de Martín, no se les olvide.

Decidí ser de los últimos: me dolían los pies y tenía miedo de que las heridas se me abrieran otra vez con el salto.

—¡Ustedes tres! —gritó Martín, y tres de nuestros compañeros corrieron a la barda. Después otros y luego otros más.

—Seguimos nosotros —me dijo una de las señoras al tiempo que sacaba de entre su ropa el tubo de medicina—. Por si no volvemos a vernos...

Dieron la señal, me lancé hacia la barda, me dejé caer y corrí a los matorrales. Desde allí vi cuando la señora y el niño saltaron. El muchacho corrió a esconderse, pero la señora no se levantó, y cuando la *border patrol* la agarró, el niño fue hacia ella y se los llevaron.

Ya oscurecido corrí a resguardarme en el puente. En la penumbra distinguí varios cuerpos: otros, como yo, lo habían logrado.

No se cuánto permanecí en cuclillas, pero tenía las piernas adormiladas cuando un rechinido de llantas me despabiló:

—Esos de Martín, ¡súbanse!

Caminando con dificultad, me acerqué.

—Mi nombre es Bill. Vamos a evitar retenes y gasolineras. Si nos llegaran a detener, ninguno de ustedes me conoce. Me pidieron un aventón, ¿está claro?

Me tocó en la cajuela, con otros dos. Imposible moverme: un gordito me apachurraba.

El olor a gasolina me provocó mareo y dolor de cabeza. Tenía miedo de vomitar.

Cuando la camioneta se detuvo y abrieron la cajuela, salí tambaleándome.

—Aquí en las *trailas** pueden bañarse y descansar. Traigo ropa limpia para ustedes, después iremos a comer.

Corrí a la regadera, abrí la llave, hice un cuenco con la mano y bebí hasta saciarme. Luego dejé que el agua escurriera sobre mi cuerpo y fui enjabonándome lentamente. Lavé con mucho cuidado las plantas de mis pies, todavía hinchadas. Las sequé, exprimí lo último que quedaba en el tubo de medicina, me lo unté y me eché sobre el catre.

Un par de horas después volvimos a meternos en la camioneta. Nos llevaron a un McDonald's y pidieron una hamburguesa y un refresco para cada uno.

—Voy a llevar a los de Tucson, después a los de Phoenix y al final a los de Prescot.

El refresco y la hamburguesa me supieron a gloria y, aunque el calor y el olor a gasolina eran los mismos, me sentí menos mareado.

Al llegar a casa de mis tíos, Bill tocó. Mi tía Mary le entregó el sobre con el dinero faltante.

* Casas móviles también llamadas tráileres. Ahí llevan a los indocumentados a descansar.

TLALADI:

Cuando Bill se marchó, mi tía se volvió hacia mí:

—¡Bienvenido, Mike! —volteé a ver si había alguien más.

—Me llamo Miguel.

—Te llamabas; acá a los Migueles les decimos Mike. Yo soy tu tía Mary.

Y agregó que mi tía Terry y mis tíos Willy y Tony llegarían más tarde. Entonces dudé de haber llegado a la casa correcta: mis papás me habían dicho que mis tíos se llamaban Guillermo, Teresa, Antonio y María. También me llamó la atención que la tía Mary, que se parecía a todas las señoras de Cuicatlán, llevara tacones y un vestido tan colorido y escotado.

Cuando vi el tamaño de la casa se me fue el alma: la mesa del comedor era de vidrio, las sillas de metal, los sillones de la sala floreados como los campos de Cuicatlán y la televisión, la más grande que hubiera visto. Y a color.

Con una vocecita que apenas me salió, pedí permiso para entrar al baño.

—Subiendo las escaleras —señaló mi tía.

Tenía la boca muy seca y necesitaba ir a lavarme las manos y la cara.

No vas a creerme, Tlaladi: en el baño ¡hay una tina y una regadera, además de agua caliente!

Cuando salí, me senté a un lado de la puerta.

—Mike, ¿quieres beber algo en lo que llegan tus tíos? —gritó la tía Mary desde la cocina.

—No, gracias, ¿puedo quitarme los zapatos?

—Estás en tu casa.

Coloqué los tenis junto a la mochila y me acuclillé.

No sabes, Tlaladi, lo que es sentir la frescura del mosaico bajo los pies descalzos.

—¡Hola, Mike!

—¿Dónde andas, Mike?

—Bienvenido, Mike —dijo una tercera voz, esta vez de mujer.

Me levanté, me puse rápido los tenis y bajé.

Les tendí la mano para saludarlos, pero mis tíos me jalaron hacia ellos y me dieron un abrazo. Yo, por primera vez desde que salí de Cuicatlán, volví a sentir el calor de casa.

—¡Cómo te pareces a tu papá cuando tenía tu edad y brincábamos descalzos sobre el barro para amasar los ladrillos! —dijo Tony, dándome una palmada—. Al principio era como un juego, pero al repetirlo todos los días terminó siendo una condena.

—Debes tener hambre; en un dos por tres estará la comida —aseguró tía Terry dirigiéndose a la cocina.

—¡Ya casi la tengo! —gritó tía Mary.

—Mientras, cuéntanos cómo te fue en el camino —dijo tío Willy acariciándome la cabeza.

Les conté sobre las espinas; como no podían creer que traspasaran la suela, me pidieron que les enseñara los pies. A mí me daba pena porque sabía que olían mal, pero me quité los tenis.

—¡Se están pudriendo! —gritó Tony, en tanto Willy llamaba a Mary y a Terry; después de ver mis pies, ellas me dieron una piyama, unas chanclas y una toalla, me mostraron mi recámara y me dijeron que subiera a bañarme y me lavara bien los pies.

Mary agarró los tenis con dos dedos, como si fueran un animal ponzoñoso y, mirándome, preguntó:

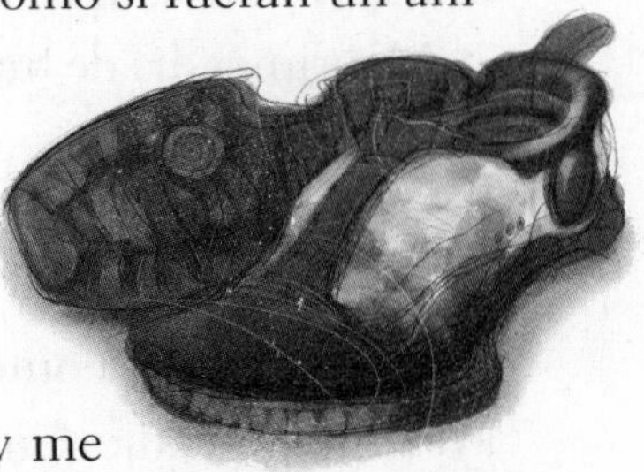

—¿A la basura?

—No tengo otros.

—Mañana te compramos unos.

Cuando terminaron de comer, me subieron la cena, me dieron una pastilla y me untaron una pomada en las plantas de los pies.

—Descansa —dijeron, y apagaron la luz.

Los tenis que Terry me compró eran acojinados y muy cómodos. En el jardín, sin que nadie me viera, me puse a brincar con ellos y ni recuerdos del dolor.

Cuando mi tía Mary me vio con los tenis puestos, se sorprendió:

—¿Qué haces levantado? ¡Deberías estar descansando! ¿Puedes caminar bien?

Y cuando le mostré los pies y vio que las heridas casi habían cicatrizado, agregó:

—Qué poder de recuperación se tiene a tu edad...

El domingo fuimos a comer a casa de mis primos, los hijos de mis tíos. Estuvimos en el jardín. Asaron carne e hicieron una gran ensalada. Había papas fritas, panes, pasteles y muchos refrescos. Mis papás y Carmelita hubieran estado felices con nosotros.

Uno de mis primos me contó que la empresa de la familia se llama Gardens of Paradise,* que es muy grande y que todos trabajan juntos, arreglando desde jardines hasta clubes de golf.

Mi primer día de trabajo con ellos me tenía muy emocionado.

QUERIDO TLALADI:

El tiempo vuela como el sonido de mi flauta. Parece que fue ayer cuando dije "mi primer día de trabajo", pero ¿podrás creerlo, Tlaladi Vi? Casi ha pasado un año desde que llegué a Phoenix; ya le pagué a mi papá y casi termino de pagarles a los tíos.

Mientras trabajo silbo tonadas conocidas y otras que me salen. Estoy tan contento que volvería a pasar por las espinas en los pies.

Sin embargo, a veces me siento como sordomudo. No entiendo lo que la gente dice, ni puedo contestar. Me la paso haciendo señas: muevo manos, levanto pies, gesticulo, pero no siempre

* Los Jardines del Paraíso.

funciona. Voy a pedir a mis tíos que me dejen tomar unas clases de inglés durante las noches.

Hablé con papá y mamá. Cuando escuché sus voces se me paralizó el corazón. A la distancia oí las risas de Carmelita. Hubiera querido abrazarla y besarla... ¿Con quién jugará ahora lotería?

Anoche vimos por televisión la entrega de los Oscar; cuando vi que premiaban a los músicos, aplaudí, grité bravos y hasta brinqué. Mi tía Terry volteó a verme.

—Nunca se me hubiera ocurrido que la música fuera tan importante —le comenté.

—¿Qué sería de la radio y de las fiestas sin ella? ¿Qué sería de la vida? ¡Imagínate!

—Oye tía..., ¿será muy difícil tocar en Hollywood?

—Uy, me imagino que hay una cola de músicos esperando como de aquí a Cuicatlán.

¡Cómo me gustaría tocar bien mi flauta para irme a Hollywood! ¡Lo que diera por ganarme la vida como músico, como aquellos muchachos de la central camionera! Imagino los casetes con mi nombre y un dibujo de los montes de Cuicatlán llenos de flores en la portada.

He leído tanto la biografía de Mozart que me regaló el maestro que ya casi me la sé de memoria.

El domingo mis tíos me dejaron en la puerta de una tienda de música y me dijeron que vendrían por mí en dos horas. Adonde quiera que volteara veía instrumentos, aparatos de música, casetes, dvd y discos compactos. Yo trataba de explicar lo que buscaba, pero nadie me entendía. Me mandaban de un departamento al otro y subía y bajaba escaleras.

Finalmente me dieron un papel y escribí "Mozart".

—¡Oh, *classical music*! —exclamaron, y me señalaron el piso de arriba. Subí, me acerqué a un empleado y le mostré el papel.

¡Es increíble, Tlaladi Vi! Hay entrepaños y entrepaños sólo con música de Mozart.

Estuve en una cabina dónde escuché toda la música que quise. ¡Ahí podía haberme quedado el resto de mi vida!

Como todo estaba en inglés me fue muy difícil elegir qué comprar, aunque no había manera de equivocarse. Mozart me gusta tanto que, escogiera lo que escogiera, lo disfrutaría. Mientras calculaba para cuántos discos me alcanzaba el dinero, vi que vendían unos aparatos pequeños con audífonos para escuchar música en los camiones, en el trabajo, o mientras se descansa y se duerme. No son muy caros y me compré uno.

Llegando a casa dije que no quería comer ni cenar ni ir al cine. Lo único que quería era escuchar música, así que me eché en la cama, me puse los audífonos y escuché los discos hasta que me quedé dormido.

Clareaba cuando me desperté con un concierto para flauta. "Éstos sí son 'Los Jardines del Paraíso'", pensé.

A partir de ese día, a donde fuera iban mi aparato y mis discos, y cuando me quitaba los audífonos, me sorprendía silbando y tarareando melodías.

Mis tíos se reían: "Es el único caso de alguien que se alimenta sólo de música", decían.

La imagen de los jóvenes tocando en la central camionera se me presentaba en sueños; ya no sólo los veía en la central, sino en plazas, en centros comerciales, fuera de cines y teatros, y una noche pensé que si había cruzado el desierto, soportado las espinas en los pies y si aprendía inglés, no era para quedarme en Los Jardines del Paraíso como cualquier empleado más. No... cuando yo tocaba, el mundo parecía iluminarse. Era claro: la flauta me llamaba y yo tenía que seguirla.

Les dije a mis tíos que había decidido ir a probar suerte a Hollywood.

—¿Hollywood? Allí sólo hay profesionales y hasta a ellos les cuesta trabajo abrirse paso...

—¿Tú crees que Hollywood te está esperando con los brazos abiertos?

—Hollywood es la tumba de los ilusos.

—Si estás decidido, sólo te diremos una cosa: esta casa estará siempre abierta para ti.

En el momento de la despedida me acerqué a cada uno de mis tíos y les di un abrazo en el que iba todo yo.

En el autobús, saqué mi flauta de barro y me vi tocándola en alguna esquina, en un parque, con mi cachucha en el suelo rebozante de monedas.

Cuando llegué a Los Ángeles le pedí al taxista que me llevara al barrio mexicano, como me habían aconsejado mis tíos y, ¿qué crees, Tlaladi?, ¡en ese barrio todos hablan español! En casa de un paisano conseguí un cuarto.

Al otro día tomé mi flauta y mi cachucha, salí a la calle y me puse a tocar. Había tanto ruido que creo que nadie me oyó. Estuve hasta el atardecer y ni un *dime** encontré en mi cachucha. Al día siguiente cambié de sitio y al siguiente busqué otro, y de todos volví con mi cachucha vacía.

Pasaban los días y el dinero se acababa.

Una mañana vi un letrero que decía: "Se solicita ayudante de cocina". Entré para ver si me contrataban; me pidieron los papeles y, como no los tenía, no me dieron el trabajo.

Ya sólo con doscientos dólares en el bolsillo, entré a otro restaurante. "Solicitamos lavaplatos", decía el anuncio, y volvieron a pedirme los documentos y a negarme el trabajo. Abría la puerta para salir, cuando uno de los ayudantes se me acercó:

* Moneda de diez centavos de dólar.

—Me llamo Ricky. Si quieres trabajar, saca papeles falsos.

Me escribió una dirección y regresó a su trabajo.

Al día siguiente, llegué muy temprano a esa dirección. Era un edificio muy viejo y en mal estado. Subí al cuarto piso. Aún estaba cerrada la puerta de la oficina, pero pronto empezó a llegar más gente y al rato se hizo una larga cola.

Cuando abrieron, vi fotocopiadoras, computadoras, dos cámaras fotográficas, cortadoras de papel, una máquina para engargolar y dos máquinas para enmicar.

—¿Qué se te ofrece? —preguntó el empleado.

—Papeles para trabajar.

—Tu identificación. —Le entregué mi credencial.

—Son ciento veinte dólares.

Le di el dinero y me mandó con el fotógrafo. Como dos horas después me volvieron a llamar.

—Tienes suerte, mucha suerte, Charles...

—Yo me llamo Miguel.

—Ya no. Desde hoy te llamas Charles Guzmán, porque Miguel Contreras ya no existe.

Al extenderme el documento, agregó:

—¡Suerte, Charly! —y me guiñó el ojo.

Papeles en mano me dirigí al restaurante donde solicitaban lavaplatos. Pagaban siete dólares y medio la hora y el turno era de tres a once. Ese mismo día comencé a trabajar. Bueno, comenzó

Charles Guzmán, porque Miguel Contreras se fue al caño en el momento en que enjuagaba el primer plato.

No sabes, Tlaladi Vi, cuánto me dolían dedos, muñecas, antebrazos, rodillas, cintura. Lavaba cientos de platos con agua hirviente, tallaba las ollas con fibras metálicas y, aunque lo hacía con guantes, terminaba con las manos destrozadas.

Ricky me compró una pomada, la misma que él usaba para que las manos no le dolieran tanto.

Como ese trabajo era insuficiente, conseguí otro de mesero de seis de la mañana a dos de la tarde; como están muy cerca uno del otro, me iba caminando. Corriendo, más bien. Me pagaban ocho dólares la hora, ¡adiós flauta, adiós silbar, adiós música... todo era trabajar y trabajar! Pero a fin de mes me encontré con más de dos mil dólares en el bolsillo y comencé a ahorrar para mandarle dinero a mi papá.

Un domingo, Ricky me invitó a Venece. Por más que le pregunté qué era eso, se limitó a sonreír y a decirme:

—Una sorpresa.

Nunca pensé, Tlaladi Vi, que la gente se pintara serpientes, calaveras, flores, mariposas, corazones o murciélagos en hombros, espalda, pecho, tobillos o piernas. Hasta vi un chico con el cuerpo completamente tatuado, ¡su piel era una selva de dibujos! Y no lo vas a creer: hombres y mujeres se acercaban a un puesto, escogían un arete y se lo ponían en la ceja, en la nariz,

en el labio, en la lengua y hasta en el ombligo. Yo vi cómo les traspasaban la piel con aretes y broches.

Eso miraba cuando una mujer me jaló:

—Déjame ver tu mano —se la extendí—. Tú tienes algo que ver con el viento.

¿Cómo supo? ¿Cómo se enteró de que Tlaladi Vi quiere decir "viento protector"?

—Son cinco dólares —me dijo.

Se los di con gusto.

Más allá había un puesto del que llegaba un olor dulzón.

—Es incienso —dijo Ricky.

En Venece, Tlaladi, puedes encontrar lo inimaginable. Es como si lo hubieran hecho con retazos de muchos mundos.

De pronto, la inmensidad se volvió azul profundo.

Por un instante pensé que ese azul era efecto del incienso. Qué cara habré puesto, que Ricky me dijo:

—Qué... ¿no conocías el mar?

Me quité los zapatos y corrí hacia él.

El agua estaba helada. Me agaché, tomé una poca con mis manos y la probé. Era salada.

El mar, Tlaladi Vi, es un mundo de agua yendo y viniendo hacia la playa, dejando su estela de espuma. Mi cansancio de semanas, mis dolores de cintura, piernas y manos, desaparecieron frente al mar.

Las olas tienen un sonido sordo; sobre ese sonido me llegó otro lejano, el de música de flautas. Lo seguí y me encontré frente a dos jóvenes que tocaban. Me senté a escucharlos teniendo como fondo el mar. Sus flautas eran de madera y tocaban música andina con una flauta de pan y una quena, eran peruanos.

—Yo toco flauta de barro —les dije cuando recogían las monedas de sus gorras.

Sonrieron y me preguntaron de dónde era mi flauta. Quedamos en vernos el siguiente domingo; tal vez podríamos formar un trío.

De regreso, Ricky y yo vimos una tienda de instrumentos musicales y, con el ronco sonido del mar y el aéreo de los Andes resonándome aún, entré a comprarme una flautita de metal y dos cuadernillos: uno para aprender a tocar esa flauta y otro para leer las notas.

Al domingo siguiente volvimos a Venece y los peruanos me oyeron tocar. No sabes el sonido que tiene mi flautita de barro junto a las otras dos: es como un vientecillo travieso entrando y saliendo por las cavidades de la tierra. Eso pensaba y sentía que ése era el paso más importante de mi vida.

Esa semana comencé a tocar la flauta de metal. Su sonido es otra cosa, como si comparáramos el arroyito de Cuicatlán con un inmenso río. Cuando toco la flauta de metal se me olvida el cansancio y quisiera que todos los días fueran fin de semana.

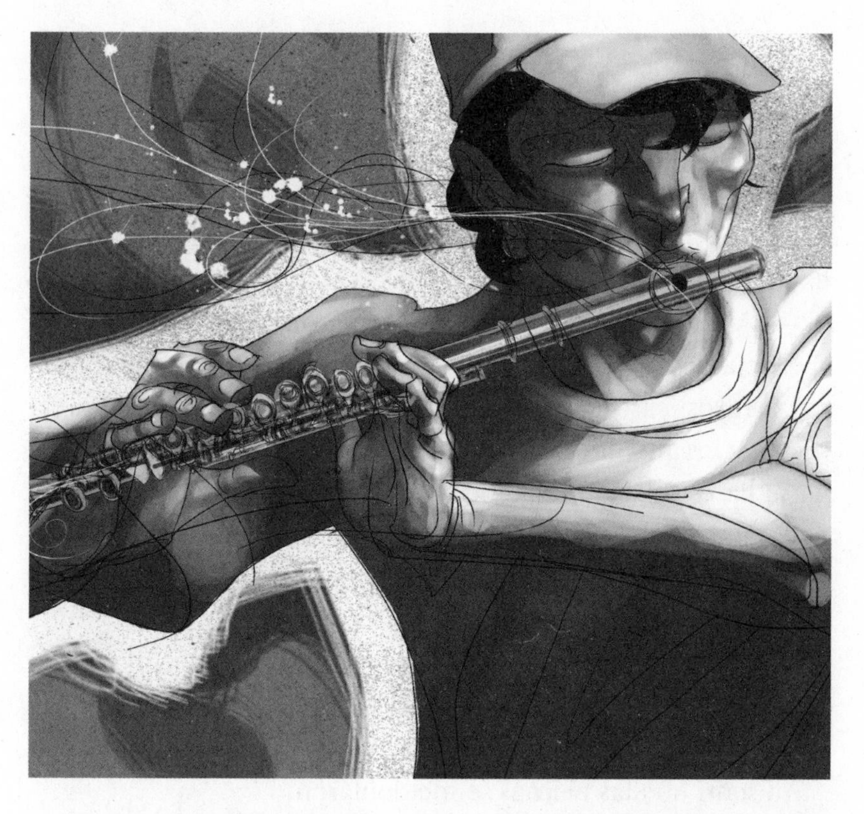

UN DOMINGO APARECIÓ UN HOMBRE que no dejaba de mirarnos. Se quedaba quieto en un sitio, caminaba unos pasos, volvía a quedarse quieto y así hasta que completó un semicírculo alrededor de nosotros. Cuando terminamos me dijo que tenía mal colocada la flauta y me enseñó cómo soplar para que el sonido saliera nítido. Al marcharse nos dejó un billete de diez dólares.

Yo hubiera querido enmarcarlo, pero era de los tres.

A la siguiente semana no fueron mis compañeros. Los busqué, pero ni señas de ellos. Entonces recordé que me habían dicho que pensaban irse a San Luis Obispo.

—¿Vas a tocar solo? —preguntó Ricky cuando sacaba mi flauta—. ¿No te da vergüenza?

—¿A ti te da vergüenza caminar o respirar?

Mientras tocaba mi flauta de metal, en lugar de sonidos salieron arroyos, cascadas, truenos y relámpagos; la oscuridad de la noche y los amaneceres. Puedo jurar, Tlaladi Vi, que aquel día hasta las estrellas salieron de mi flauta.

Cuando terminé, se me acercó el señor que me había enseñado cómo se colocaba la flauta.

—Me llamo Robert.

—Y yo Charly —dije, recordando que Miguel y Mike hacía tiempo que ya no existían.

—Toco en la Orquesta Sinfónica de Los Ángeles.

Yo sentí que las piernas se me doblaron.

—Todo tú eres sonido. Sigue practicando —se dio la media vuelta y se fue.

Un mes después, volvió.

—¿Te gustarían unas clases de flauta?

Me quedé clavado en el piso... ¿Cómo era posible que esto me estuviera pasando a mí?

—Por el dinero no te preocupes, me pagarás siendo buen alumno.

Y me extendió una tarjeta.

—¿El martes a las ocho?

El lunes, Tlaladi, me despedí de Ricky y renuncié a mi trabajo de lavaplatos para dedicarle ese tiempo a la flauta. El martes resultó memorable: Robert me habló de los instrumentos de cuerdas, percusiones y alientos.

Sacó un libro con ilustraciones y me mostró la flauta transversa, el oboe, el fagot, el clarinete... ¿Creerás, Tlaladi, que hay músicos que tocan flautas de oro y plata?

La de Robert es de plata y, cuando la tocó, todo dejó de existir, menos el sonido, y por un instante hasta se me figuró que era al mismo Mozart a quien estaba oyendo.

TODA LA SEMANA anduve como con una orquesta dándome vueltas en la cabeza y, el domingo, cuando acabé de tocar, vi a Robert en un cafecito. Me hizo señas para que me acercara, me invitó un refresco y me platicó que había nacido en Londres, pero que cuando tenía cuatro años sus padres emigraron a Estados Unidos.

La flauta de plata, esa que yo había escuchado, se la regaló su abuelo cuando terminó la escuela de música.

—¿Te interesaría ir a un ensayo? —me dijo al despedirnos—. Si quieres te espero el próximo domingo a las diez, en mi casa.

Cuando aquel domingo entré a la sala de conciertos, me quedé frío: del centro colgaba un gigantesco candil, los sillones eran de terciopelo rojo y el escenario era enorme y muy iluminado. Los músicos tomaron sus lugares: los instrumentos de cuerda, los más numerosos, al frente de ambos lados; los de viento, en medio, y los de percusión, al fondo.

El director se colocó frente a la orquesta y, cuando levantó la batuta y la movió, surgió la música, pero él no sólo llevaba el compás, sino que indicaba qué instrumentos debían entrar, cuándo debían ir más rápido, más lento, más fuerte. Era como si hablara con las manos; cuando escuchaba una nota falsa, fruncía el ceño y los hacía repetir y repetir.

Al terminar, Robert se acercó a mí.

—El ensayo fue regular —dijo.

Si lo que para mí es perfecto, para ellos era regular, ¿qué es la perfección, Tlaladi?

El miércoles por la noche me llamaron mis tíos. Lo hacen una vez por semana, pero el miércoles, ¡qué sorpresa!, me mandaron dinero para que comprara lo que me hiciera falta.

—¡Una flauta transversa! —grité, y les comenté que Robert, mi maestro, flautista de la Orquesta Sinfónica de Los Ángeles, podría acompañarme a escogerla.

—¿Un flautista de la Sinfónica de Los Ángeles te está dando clases? Entonces, el costo completo de la flauta corre por nuestra cuenta.

Tardé más en colgar que en llamar a Robert.

—Vas a disfrutarla mucho, ya lo verás —me dijo.

Toda la noche permanecí despierto. Una y otra vez veía frente a mí a la orquesta y... a ti sí puedo confesarte un secreto, Tlaladi, ¡hasta me vi de solista en el ensayo!

Durante varios domingos Robert y yo recorrimos casas de música. Un mediodía, tomé una flauta y, en cuanto la toqué, sentí que me estaba esperando desde siempre; cuando Robert la tomó y tocó una breve melodía me pareció que toda la tienda se iluminaba.

UN DÍA, AL TERMINAR LA CLASE, Robert me ofreció un refresco y me dijo:

—Lo que tú necesitas es otro maestro.

Me quedé helado.

—¿Hice algo mal? ¿No estudio suficiente?

Él movió la cabeza de lado a lado.

—Tienes tanto talento que me gustaría que fueras a estudiar a Juilliard, en Nueva York. Fue donde yo estudié.

Durante largo rato me quedé en silencio. Robert sólo me miraba. Finalmente pude decir:

—¿De dónde voy a sacar para pagar la escuela?

—Hay becas. Pensando en eso, hice una solicitud..., y te la dieron. Los cursos comienzan en ocho semanas.

Bajé la vista, recargué la cabeza sobre el puño derecho y sin poder evitarlo, me brotaron las lágrimas.

—Es una excelente oportunidad, acéptala.

Sentía algo atorado en la garganta y cuando salí de casa de Robert, seguí llorando.

Al pasar una esquina vi de reojo una cabina telefónica. Entré, descolgué el teléfono y me quedé un buen rato con la bocina en la mano.

Ni siquiera sé qué números marqué, pero una voz conocida me contestó y me dijo:

—Espera un momento.

—¿Miguel?, ¿estás bien, hijo?, ¿te pasa algo?

—No, nada..., sólo quería oír tu voz, mamá.

—¡Ahorita mismo te me regresas!

Entre una y otra palabra de mi madre oía los gritos de Carmelita.

—Mamá, ¿Carmelita está allí? ¿Me la pasas?

—¡Miel! ¡Miel! Tengo amigas y saltamos la reata y..., y..., ¿vas a venir en las vacaciones? ¡Trae tu flauta, para que toques en el zócalo y te oiga todo el pueblo!

Carmelita era un río de palabras.

Le prometí ir en vacaciones y se puso feliz:

—Va a venir Miel... Va a venir Miel...

Me pareció tenerla enfrente, con sus ojos vivarachos, sus largas trenzas y brincando sin parar.

Cuando mamá volvió a tomar la bocina, su voz me olió a tamales y me supo a enchiladas de mole negro, a frijoles recién cocidos y a tortillas recién hechas.

Todavía me preguntó si estaba comiendo bien y eso fue lo último que dijo antes de que un sollozo le impidiera seguir.

Colgué, continué caminando lentamente y, cuando me encontré con otra cabina telefónica, llamé a mis tíos.

—¿Juilliard?

—¿Estás seguro?

—¡Esa escuela es famosísima!

Terminaron arrebatándose el teléfono y gritando "*congratulations!*" y "¡bravo!".

Al final tío Tony dijo que podía contar con ellos.

TLALADI, TLALADI, ¿DÓNDE ESTÁS? ¿También vas a fallarme? Nunca te he necesitado tanto..., si no te encuentro, ¿a quién puedo contarle que un horno de gas estalló en el momento en que Carmelita iba pasando?

Carmelita ya no está, ni sus ojos vivarachos, ni sus risas, y yo ni siquiera me despedí de ella.

Mis tíos me avisaron. Ya me habían comprado un boleto para que volara a México.

Robert me preguntó si podía hacer algo y, antes de colgar, me dijo:

—Una puerta se te ha abierto acá, no vayas a cerrarla.

Tlaladi, si no cuento contigo, ¿con quién demonios puedo contar entonces? Apenas si tengo fuerzas para avisar en el trabajo que me voy. El viaje es largo y no sé si pueda resistir. Ni siquiera voy a llegar al entierro. Una cruz sobre un montón de tierra, sólo eso veré.

Por favor, Tlaladi, no te vayas; solo no voy a resistir.

Cuando abrí la puerta y vi a mis padres en silencio y cabizbajos, me acerqué a abrazarlos.

—¿Tú aquí? —la voz de mi padre era dulce y apagada.

Mamá, en cambio, me abrazó como un náufrago aferrándose a su tabla después de un naufragio. Cuando me senté, sin decir una palabra, mamá fue a la cocina. Yo me quedé pensando cómo cuatro años pueden ser tan demoledores para alguien.

—Preguntaba mucho por ti, ¿sabes? —dijo mamá cuando regresaba con cuatro vasos de limonada.

Vi que papá iba a decirle algo, pero se contuvo.

Al dejar la charola sobre la mesa, dijo:

—No me acostumbro..., no me acostumbro... —y se llevó uno de los vasos de regreso a la cocina.

—Igual que cuando te fuiste: cuatro platos para el desayuno, cuatro para la comida... No sé qué hacer con ella.

Como los vasos quedaban cerca de mí, tomé dos, le pasé uno a papá y me quedé con el otro. Dimos el trago al mismo tiempo y sentí que los músculos de mi cara se contraían. "Amargo..., amargo como el dolor", pensé.

—Se te olvidó poner el azúcar —dijo papá.

Y mamá, casi sin ruido, trajo una azucarera.

—Que estés aquí con nosotros, es un consuelo —dijo al verter dos cucharadas de azúcar en mi vaso y quedarse allí, removiendo y removiendo por no sé cuánto tiempo.

Yo los sentía en un sitio muy oscuro, del cual no podían salir y del que yo no podía sacarlos.

—¿Te acuerdas que la última vez que hablaste con Carmelita le prometiste que vendrías en vacaciones? Pues andaba feliz, contándoselo a todo el mundo, casi hasta al perro que pasaba.

—No sólo fue ella —comentó papá—; también Luisita, su mejor amiga; doña Luchis, que vendía tamales, y dos de mis compañeros.

Yo imaginé un estruendo, una explosión, una humareda que, partiendo aquella tarde en dos, había acabado con la vida de todos nosotros.

EN MI CUARTO estuve tocando y, mientras lo hacía, pensé en todas las noches en que jugué con Carmelita. Recordé su risa, las mañanas que la acompañé a la escuela, las jícamas que le compraba en el camino, sus carreritas, y volví a verla cuando hizo su primer "solito" y hasta escuché la primera vez que me dijo "Miel" porque no podía decir Miguel.

Por la mañana, cuando me levanté, volví a ver a papá y a mamá en la misma posición que el día anterior, y pensé que así se quedarían el resto de su vida.

—Te oímos tocar anoche.

—Vengo a quedarme.

—¿Para hacer ladrillos?

Papá movió la cabeza de lado a lado, mientras mamá corría a abrazarme.

—Te estarás desperdiciando.

—Pero tú necesitas a alguien que te ayude —dijo mamá.

—¿Dices que lo quieres?, déjalo regresar. ¿No me dijiste anoche que toca como los ángeles?

—Sí, pero tú lo necesitas.

—Se necesita más él.

Agarré mi flauta, me levanté y me fui a la orilla del río, como cuando era niño.

Todos los días mamá se levantaba muy temprano para tenerme tamales calientitos para el desayuno. Hasta dejó de hacer sus flautas, campanas, collares de cuentas de barro, cazuelitas y muñequitos para moler en el metate los chiles para el mole negro.

Fui con papá a la ladrillera. Cuando metí las manos en el barro, las sentí diferentes: cuando toco, se vuelven leves, aéreas, como mariposas en pleno vuelo. Cuando hice ladrillos, se me volvieron toscas, pesadas, torpes.

Los hornos tienen un sonido hueco, constante, repetitivo, inerte. El sonido de la flauta, en cambio, es juguetón y vivo.

Sentía que debía irme, pero que estaba obligado a quedarme.

TRANSCURRIERON DOS SEMANAS. El tiempo se me iba en ayudar a mamá a preparar el barro, en arreglar cosas de la casa y en prenderle el fogón.

Todo lo que me rodeaba —el olor del barro, la leña quemada, las tortillas recién hechas— me recordaba a Carmelita; cuando tocaba mi flauta volvía a verla brincando, agitando sus manitas, aplaudiendo y pidiendo "más, más, más".

Un día me levanté antes que mis padres y, con mi flauta de barro en el bolsillo, fui al cementerio. Cuando llegué a la tumba de mi hermana saqué la flauta y empecé a tocar. Sus risas retumbaron en mis oídos y hasta me pareció ver su carita en las nubes. Al terminar, hice un agujero y enterré mi flauta.

El atole y los tamales me supieron deliciosos aquella mañana y, mientras desayunábamos, dije a mis papás:

—Me regreso el lunes.

Mi padre asintió.

—No puedes hacernos eso, ¡eres lo único que nos queda! —exclamó mi madre.

Después del desayuno fui a llamar a mis tíos y les avisé que saldría el lunes. Quedaron de enviar a unos amigos jardineros a recogerme en la estación para ayudarme a cruzar la frontera.

Luego llamé a Robert y le dije que estaría en Juilliard para el inicio de cursos.

UN DÍA DESPUÉS DE MI LLEGADA a Tijuana, David y Alex, los amigos de mis tíos, me ocultaron en el doble fondo de su *pick-up* para cruzar la frontera.

Encima colocaron cortadoras de pasto, aspiradoras de hojas, motocicletas, cuerdas, costales y sierras. El hueco en que quedé era muy pequeño y me sentí en un ataúd. Intenté distraerme pensando en el mar de Venece, en el concierto al que me había llevado Robert y hasta en el olor del mole negro preparado por mi madre, pero cada segundo siguió pareciéndome la hora más larga de mi vida.

De pronto, la camioneta se detuvo. Oí un portazo. Encima de mí buscaban y rebuscaban y movían las herramientas de un lado a otro.

David hacía chistes con los guardias mientras Alex decía que eran ciudadanos americanos y tenían que podar un campo de golf para un torneo.

Yo no podía respirar; empezaba a despedirme de la flauta y de la vida cuando escuché un portazo y no supe más de mí.

Tiempo después, minutos, horas, me sacaron del doble fondo y me echaron agua.

—Estás tan pálido como si acabaras de salir de un ataúd —dijo Alex cuando me pasé a la cabina, junto a ellos.

Me bajé en la estación de autobuses de San Diego, me dirigí a la sala de espera, me dejé caer en una silla y cerré los ojos.

Hacía una semana mi flauta de barro había quedado enterrada en la tumba de mi hermana. ¿Enterré sólo eso? Y eso que enterré, ¿no iba a hacerme falta?

Volví a sentir mis manos entre el barro: eran pesadas, muy pesadas, como de piedra... Asustado abrí los ojos, me dirigí al baño y me eché agua en la cara. Con el agua, mis manos recordaron el escozor del detergente cuando lavaban platos. ¿Cómo estarían ahora sin la pomada que me había dado Ricky? De pronto, volví a sentirlas ligeras, como el día en que Robert aplaudió mi ejecución y entendí que era la música, y todo yo, lo que me llevaba a Juilliard.

Ya más tranquilo, compré el boleto, abordé el autobús y, quién sabe por qué, todo el camino me la pasé dormido.

En Los Ángeles me despedí de Ricky y de Robert, empaqué mis cosas y tomé el autobús a Nueva York. Conforme me acercaba, se acentuaba el otoño. Desde la ventanilla vi las hojas de los árboles volviéndose rojas y amarillas, desprendiéndose y volando en diferentes direcciones. Cerca o lejos, irían a caer sobre la tierra y se convertirían en abono para otras plantas.

Cuando salí de la estación, entendí por qué se desprendían las hojas: soplaba un viento helado y yo, a diferencia de las hojas, tenía que ir contra el viento. No lo veía, pero sentía que me empujaba hacia atrás, como una gigantesca mano que me rechazaba. Empecé a caminar y, de pronto, el viento cambió de dirección y comencé a sentirlo en mi espalda, empujándome.

Me dije entonces que el viento y yo nos habíamos acompañado siempre: estaba ahí cuando mi mamá pedía que reavivara el fuego y yo soplaba sobre los leños del fogón, y estaba también cuando tocaba mi flauta.

JUILLIARD ES INMENSO. En cada piso hay un piano y salones para practicar. También hay dormitorios para los estudiantes.

A mí me tocó compartir habitación con un coreano; entre mi mal inglés y el suyo, entre mi español y su coreano, era imposible comunicarnos. Sobre su cama había un estuche de violín. Yo saqué de inmediato mi flauta y le hice señas de que ése era mi instrumento. El coreano me hizo una reverencia y me dijo quién sabe cuántas cosas que no entendí.

A partir de que llegué a Juilliard, las 24 horas del día no me alcanzaron para leer, practicar y estudiar. Un día, más rápido de lo que hubiera imaginado, me encontré con la Navidad en puerta y con Juilliard casi para mí solo.

¡Cuánto me hubiera gustado pasar aquella Navidad con mis tíos o con mis papás! Pero era imposible comprar un boleto y terminé el 24 con una cerveza y una rebanada de pizza. Después recorrí la ciudad. Desde las ventanas me llegaba el sonido de la música navideña y el olor a pavo recién horneado.

Aspiré profundamente y me imaginé en Cuicatlán, en sus calles llenas de faroles de papel, la procesión cantando y pidiendo posada, las velas y las luces de bengala.

Luego me vi sentado a la mesa con mis papás, Carmelita, los amigos y familiares, cenando romeros con nopales y tortas de camarón, guajolote en mole, tamalitos y atole bien caliente. Pura imaginación: Carmelita estaba muerta, mis papás miraban insistentemente al suelo y la casa, en silencio y a oscuras.

QUERIDO TLALADI VI:

¡Cuánto me hubiera gustado dirigirte esta carta sabiendo que todavía estás ahí, escondido detrás de mis ojos, formando parte de mí, alentándome en el desaliento, diciéndome que lo terrible pasará! Pero el día que me avisaron de la muerte de Carmelita, no sé por qué tú también desapareciste...

En recuerdo de todo el tiempo que estuviste conmigo, quiero contarte que un año antes de terminar Juilliard me invitaron a formar parte de su orquesta. Cuando mi tutor me lo dijo, sentí que me desvanecía. No podía imaginarme entonces que, entre la escuela y la orquesta, poco tiempo me quedaría para dormir.

El sueldo era poco, pero me permitió sentirme libre y comprar las cosas más indispensables: música, música y más música.

El día que toqué por primera vez frente al público tenía las manos como témpanos y, de tanto practicar, sentía los labios gruesos y torpes.

El teatro estaba lleno. Cuando apareció el director, el público aplaudió y, cuando levantó la batuta, se hizo un intenso silencio. ¿Quién hubiera imaginado que algún día yo estaría tocando en un gran teatro en Nueva York?

Me pareció que de las flautas brotaban días luminosos; los oboes me recordaron esas tardes nubladas y lluviosas que parecen negarse a desaparecer. El fagot, juguetón y solitario, no paraba de reír con el resto de los instrumentos. Los clarinetes, ágiles y rápidos, subían y bajaban de agudo a grave, como relámpagos apareciendo y desapareciendo sobre un cielo tormentoso, mientras la tuba, con sus latidos, sostenía el ritmo.

Cuando las voces de los instrumentos se apagaron, yo no sabía dónde me encontraba. De pronto, una mano se posó sobre mi hombro y, al voltear, vi a Robert. Por un momento pensé que todo había sido un sueño, pero no. ¡Robert había viajado desde Los Ángeles para oírme tocar!

Nos abrazamos.

—Excelente... yo lo sabía —murmuraba.

Me invitó a cenar y la noche no nos alcanzó para platicar.

Al día siguiente, cuando se fue, supe que nos seguiríamos encontrando en distintos lugares. Y supe también que a los Roberts hay que multiplicarlos.

Ése fue mi primer peldaño. Tres meses antes de terminar los estudios en Juilliard me propusieron integrarme como suplente en la orquesta de Filadelfia.

Recogí mis cosas. En Juilliard quedaron los cuatro años más importantes de mi vida.

En Filadelfia me instalé en un pequeño departamento. Invité a mis tíos a que me acompañaran el día en que iba a tocar por primera vez en la orquesta.

Vinieron desde Phoenix y de regalo me trajeron sudaderas, pantalones, un par de tenis, no sé cuántos discos compactos y ¡hasta comida congelada!

Mientras tocaba sentí su mirada y varias veces los vi limpiarse las lágrimas. Después del concierto los invité a cenar y les comenté que en el verano iría a México, a tocar en el zócalo del pueblo. Se lo debía a Carmelita. Les dije que me gustaría mucho que estuvieran conmigo.

Cuando pagué la cuenta por primera vez me sentí muy cercano a ellos.

Como agua entre las manos se me fue el año y de pronto me vi en una agencia, comprando un boleto de avión.

Mientras entregaba el pasaporte volví a oír los aullidos de los coyotes, sentí las espinas enterradas en los pies y me escuché diciendo: "déjenme aquí, en el desierto".

No dejé de mirar por la ventanilla del avión. Me sentía entre nubes y, más pronto de lo que pensé, aterrizamos. Del aeropuerto a Cuicatlán hice el mismo tiempo que de Filadelfia a México.

Ya estaba oscureciendo cuando me bajé del camión. Caminé hasta la casa y cuando abrí la puerta vi a mis papás, esperándome.

Papá se levantó y me dio un abrazo en el que iban todas esas palabras que no sabía decir.

—Qué bueno que regresas a tu casa —dijo mamá con voz entrecortada.

Disfruté como nunca los tamales y el atole caliente. Platicamos casi toda la noche y al amanecer les extendí un sobre:

—Gracias por dejarme ir. Mientras tenga trabajo nada volverá a faltarles.

Para evitar llorar, papá dijo atropelladamente:

—Todo el pueblo sabe que tocas el domingo en el zócalo.

—Y tenemos una sorpresa para ti —agregó mamá.

Ya había clareado cuando tomé mi flauta y fui a la tumba de Carmelita. La tierra se había cubierto de hierba. Toqué una cancioncilla que, estaba seguro, le hubiera encantado oír.

Luego visité a mi maestro de música. Envejecido y sin algunos dientes, me abrió la puerta y tardó en reconocerme. Después me invitó a pasar, me ofreció un jarro de agua y me pidió que le contara lo que había sido de mí en todos esos años.

Casi al final saqué de mi bolsillo la biografía de Mozart y se la extendí. Abrió el libro, se detuvo en una página, leyó un párrafo y volví a sentirme niño. Cuando terminó, me lo devolvió.

—Otro niño debe aprovecharlo —le dije, y se lo regresé.

Ya en la puerta le comenté que iría a Oaxaca a comprar instrumentos para la orquesta de la escuela, cosa que hice al día siguiente.

De niño, Oaxaca me parecía una ciudad enorme; se me hizo pequeña ahora, aunque volvió a admirarme: miré sus montes cubiertos de cactus y pirules, caminé entre sus callejuelas y me detuve en el mercado a tomar un chocolate de agua con pan dulce.

Luego fui a la tienda de música: era pequeña, de precios altos y poco surtida. Compré lo que pude y el empleado quedó en enviar los instrumentos.

El tiempo de Oaxaca es lento: todo se hace despacio y todavía sobra tiempo.

El viernes llegaron mis tíos de Phoenix. Se alojaron en casa de unos primos y mamá preparó un mole amarillo para toda la familia.

Después de la comida salimos a recorrer el pueblo; les mostré la piedra junto al río donde tocaba mi flauta cuando niño. El rumor del agua, el intenso cielo azul y las escasas nubes blancas parecían gritarme que el tiempo no había transcurrido.

Estuve practicando toda la noche para el domingo. El programa era ameno y variado: piezas cortas de música clásica y mexicana.

El domingo la gente empezó a arremolinarse alrededor del quiosco. Yo estaba nervioso. Para mi sorpresa, el maestro llegó con la orquesta de la escuela. Miré a los niños y pensé: "¿Hace cuánto fui parte de esa orquesta?"

Cuando comencé a tocar, cientos de imágenes fueron y vinieron: Carmelita, nuestros juegos de lotería, mis manos en el barro, mis amigos de la escuela, mi padre haciendo ladrillos y mi madre juguetes; la música fluía de mi flauta, como el agua por el río.

Al terminar de tocar oí los aplausos más fuertes que jamás había escuchado y el pueblo se volvió todo fiesta: en un momento se levantaron puestos de comida y aguas frescas y todo fue algarabía.

Entonces mi mamá se acercó con la sorpresa: una enorme flauta de barro.

—Te hice una chiquita cuando eras chiquito; ésta es una gran flauta para un gran flautista.

Mis compañeros de escuela me entregaron un tapete con imágenes de instrumentos musicales que ellos mismos habían tejido.

—Así te acordarás siempre de nosotros.

Un poco antes de que se ocultara el sol, levantaron los puestos y yo me fui con mi flauta de barro, como niño con juguete nuevo, a probarla en la piedra junto al río. Sobre mi piedra, para mi sorpresa, estaba un niño mirando la corriente mientras tocaba un pequeño tambor.

El niño estaba tan embebido en la música que no me vio.

Hace años se fue Miguel, me dije, ahora ha vuelto Charly. ¿Qué habrá sido de Miguel?

Me urgía encontrarlo, recuperarlo, pues sin él, Charly no existiría.

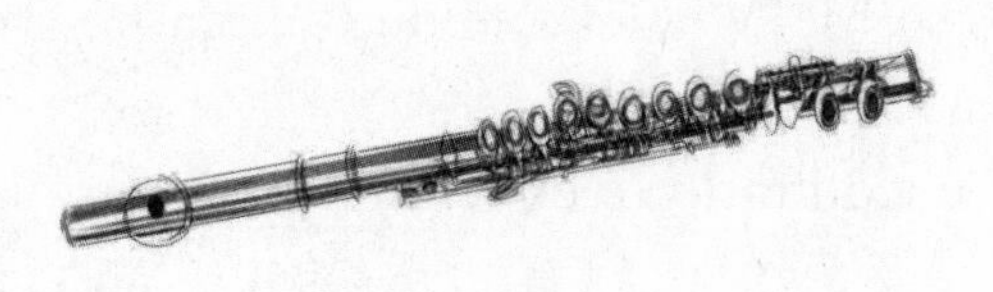

Ecos del desierto, de Silvia Dubovoy,
número 187 de la colección A la Orilla del Viento,
se terminó de imprimir y encuadernar en enero de 2022
en Impresora y Encuadernadora Progreso, S. A. de C. V. (IEPSA),
calzada San Lorenzo, 244; 09830 Ciudad de México.
El tiraje fue de 5 000 ejemplares.